Début d'une série de documents
en couleur

COUVERTURES SUPERIEURE ET INFERIEURE D'IMPRIMEUR

Fin d'une série de documents
en couleur

LE MORALISTE

DES PETITS ENFANTS.

3e SÉRIE GRAND IN-32.

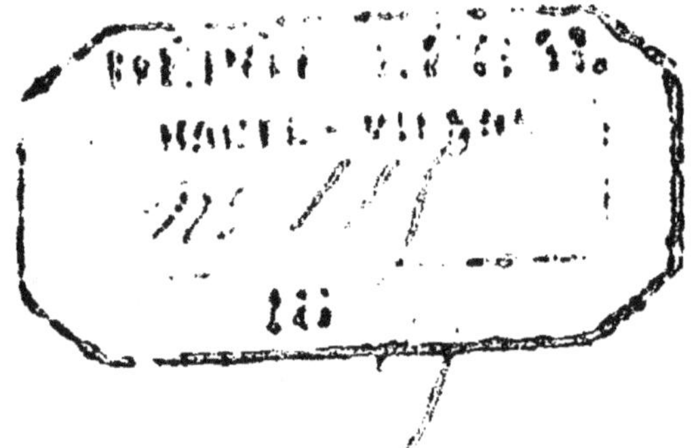

LE
MORALISTE
DES
PETITS ENFANTS

TRADUIT ET IMITÉ DE SCHMIDT.

LIMOGES

EUGÈNE ARDANT ET Cie, EDITEURS.

LE MORALISTE

DES PETITS ENFANTS

LES EFFETS DE LA PRIÈRE.

Christophe avait contracté une telle habitude du mensonge, qu'il mentait en quelque sorte malgré lui. Il eût donné beaucoup pour se délivrer de ce vice qui était devenu une espèce de maladie; mais ni les réprimandes, ni les humiliations, ni les châtimonts n'avaient pu l'en guérir.

Un jour qu'il venait de faire un mensonge si grossier que sa mère en rougissait pour lui, Christophe se mit à fondre en larmes, et lui dit :

— Je suis bien malheureux ! je voudrais ne pas mentir, parce que je sais bien que c'est un vice bas et honteux, et que d'ailleurs ma mauvaise foi ne tourne jamais qu'à ma confusion :

mais je ne puis m'en défendre, c'est une habitude plus forte que toutes mes bonnes résolutions. Que faut-il donc que je fasse pour n'y plus retomber?

— Mon enfant, lui dit sa mère, il y a un moyen très simple et très sûr de te préserver du mensonge, c'est de n'en avoir jamais besoin. Fais bien attention que tu ne mens pas précisément pour le plaisir de mentir, ce qui serait une manie incurable; mais tu mens parce que tu fais le mal, pour éviter la honte et les reproches qu'il amène après lui. Si tes actions étaient bonnes, tu aimerais mieux la lumière que les ténèbres; mais comme elles sont mauvaises, tu aimes mieux les ténèbres que la lumière. Voilà ton malheur, mon enfant, c'est que tu te mets toujours dans la nécessité de mentir, et que le mensonge est en quelque sorte lié à chacune de tes actions. Veux-tu sincèrement te réformer? travaille à ne plus retomber dans les fautes que tu commets si souvent; tu me diras que cela n'est point facile, parce que l'habitude est forte et enracinée; mais rien n'est impossible à Dieu, qui seul peut nous accorder la grâce de nous corriger : c'est donc à lui que tu dois demander la force nécessaire pour vaincre tes défauts et tes vices, ainsi que le mensonge qui en est la funeste conséquence.

Christophe comprit la vérité de ces paroles et ne songea plus qu'à mettre en pratique les sages conseils de sa mère. Chaque fois qu'il se trouvait tenté de commettre une mauvaise action, il pensait au mensonge qu'elle amènerait après elle; alors il tombait à genoux et se mettait à prier : « Sainte Marie, ma mère, s'écriait-il en pleurant, invoquez pour moi le Dieu de vérité, afin qu'il me délivre du mal, et que le mensonge ne soit plus dans ma bouche. »

Dieu ne refuse point ses dons à ceux qui les lui demandent avec foi. Christophe voulait sincèrement se corriger de ses mauvaises habitudes, aussi ne tarda-t-il pas à devenir un enfant parfait, et à donner à ses parents autant de joie qu'il leur avait jusqu'alors causé de honte et de chagrin.

LES VRAIS BIENS.

Deux voisins, l'un riche et l'autre pauvre, avaient chacun une nombreuse famille. Melchior, le riche, trouva bon de ne rien faire apprendre à ses enfants, persuadé que la fortune qu'il avait à leur donner pouvait leur tenir lieu de tout. Simon, qui était pauvre, n'en jugeait pas de même; il pensait que le meilleur héritage pour des enfants est une bonne éducation.

— Je ne suis point riche comme notre voisin, disait-il à ses fils et filles, et je ne puis vous laisser de quoi vivre sans rien savoir et sans rien faire. Travaillez donc à vous rendre savants et habiles; profitez des sacrifices que je fais pour vous et des privations que je m'impose avec joie.

Excités par ces paroles, les enfants de Simon travaillaient avec zèle et acquéraient de précieuses connaissances, tandis que ceux de Melchior grandissaient dans l'ignorance et l'oisiveté.

Une nuit, la maison de Melchior fut pillée par des brigands que sa richesse avait attirés, et qui ne lui laissèrent presque rien. Le pauvre homme vint aussitôt se plaindre chez son voisin.

— Votre malheur m'afflige, lui dit Simon. Je ne suis pas assez riche pour venir à votre secours; mais je le pourrai plus tard, si les espérances que me donnent mes enfants ne sont pas trompées.

Au bout de quelques mois un nouveau malheur tomba sur Melchior et sur sa famille : le feu prit à sa maison, qui fut entièrement consumée. Le malheureux, privé de tous les biens dans lesquels il avait mis sa confiance, fut réduit à mendier. Ses enfants étaient grands et forts, mais ignorants et incapables de travail; ils firent comme leur père, et demandèrent l'aumône avec lui.

Simon, qui était un homme doux et sensible, vit avec peine le triste état de Melchior et de sa famille.

— Mes amis, dit-il à ses enfants, voyez la conséquence d'une fausse idée. Cet homme n'a jamais réfléchi qu'à tout moment il pouvait perdre sa fortune, et que rien n'est moins assuré que la possession des biens qui ne sont pas en nous ; il n'a rien prévu ; que dis-je? il eût cru mal faire en donnant à ses fils une éducation solide que ni les voleurs ni l'incendie n'auraient pu leur ôter : ce qui fait qu'aujourd'hui ses enfants, loin de pouvoir lui être utiles, sont incapables de s'aider eux-mêmes et de gagner leur vie. Cet homme est bien à plaindre, car il ne peut accuser dans son malheur que son imprévoyance. Pour vous, mes enfants, comprenez l'avantage de l'éducation que vous avez reçue; vous n'êtes point riches encore; mais, si le Seigneur bénit vos travaux, vous le serez avant peu d'années. Voulez-vous mériter de l'être? venez au secours de cette malheureuse famille. Le père est un homme religieux et bon qui n'a péché que par une folle confiance dans ses biens périssables; la leçon qu'il reçoit le rendra sage avec le temps : ses enfants ne sont point mal nés, et l'expérience leur a déjà fait comprendre la nécessité du travail. Vous m'entendez sans doute : c'est une bonne œuvre à faire, et nous ne devons pas y manquer.

Les enfants de Simon consentirent avec joie à ce que désirait leur père : ils prirent chez eux Melchior et sa famille. Ce fardeau leur parut lourd à supporter dans les premiers temps; mais Dieu bénit leurs efforts et les aida dans cette bonne œuvre. Au bout de quelques années les enfants de Melchior, instruits par ceux de Simon, étaient capables de gagner leur vie avec honneur et de soutenir la vieillesse de leur père, qui ne cessait de louer la prudence et l'excellent cœur de son voisin.

LES FRUITS SAINS

ET LES FRUITS GATÉS.

— Qu'as-tu donc appris à l'école? demandait un père à son fils.

— Pas grand'chose, papa, le maître nous a fait de la morale et nous a dit qu'il faut fuir les mauvaises sociétés ; je ne demande pas mieux, mais je ne sais ce que c'est que les mauvaises sociétés.

— Mon enfant, si le maître n'a point cherché à te l'apprendre, c'est qu'il pensait que tu le savais, lui répondit son père : par mauvaises sociétés, en général, on entend les hommes qui ne vivent point selon la saine doctrine, et qui attirent les autres dans le mal par leurs discours et par leurs exemples. Il faut les fuir, parce qu'ils sont à la fois corrompus et corrupteurs, et que le vice qui les ronge s'étend comme une maladie contagieuse et se propage comme le feu. Pour les écoliers de ton âge, les mauvaises sociétés, ce sont les enfants rebelles qui sont désobéissants à leur père et à leur mère, paresseux, voleurs, et qui, par leurs vices mêmes, sont portés à détourner les autres de leurs devoirs. Un honnête enfant qui les fréquente sera bientôt perverti comme eux.

— Cependant, mon pere, dit le petit garçon, il me semble, au contraire, que les enfants sages devraient fréquenter ceux qui ne le sont pas, afin de les ramener au bien par leurs bons exemples.

Une visite vint au père en ce moment, et il ne put répondre à la question que lui faisait son fils.

Mais le soir, à souper, il fit, sur la table, servir des pommes gâtées, et dit à l'enfant :

— Va chercher quelques pommes saines et mets-les avec celles-ci ; les bonnes rendront aux mauvaises leur fraîcheur et leur beauté.

— C'est ce que je ne crois pas, cher papa, dit le petit garçon ; je craindrais plutôt de voir les pommes saines gâtées par les autres.

— Eh bien ! dit le père, tu as répondu toi-même à ta question de tantôt. De même que ce ne sont point les fruits sains qui peuvent rendre bons les fruits gâtés, mais tout le contraire, de même aussi les mauvais enfants auront plus de force pour corrompre les autres, que les autres n'en auront pour les corriger. Tu sais maintenant, mon fils, ce qu'on entend par les mauvaises sociétés, et quel est le danger de s'y livrer, même avec l'intention louable de ramener dans le bon chemin les malheureux qui s'en écartent.

COMMENT IL FAUT PRIER.

Paul, joli petit garçon de dix ans, désirait avec ardeur satisfaire ses parents et ses maîtres; il avait compris la nécessité d'être un honnête enfant, afin d'être plus tard un honnête homme. Toutes ses idées, tous ses efforts tendaient à se corriger de ses défauts et à se donner les bonnes qualités qu'il n'avait pas. Le pauvre enfant se trouvait bien heureux quand il recevait de ses maîtres une louange qu'il sentait avoir bien méritée; cependant, comme il avait une idée très claire de ses devoirs, il s'affligeait de ne pouvoir pas les remplir aussi bien qu'il les concevait. Les petites fautes où il tombait encore le désolaient. Au lieu de se dire : Je ferai mieux demain, il se demandait avec douleur : Pourquoi faut-il que j'aie commis cette faute aujourd'hui? à quoi tiennent ces inégalités dans ma conduite? Ces réflexions l'affligeaient profondément.

Un soir, il avait une lettre à porter au presbytère; M. le curé, qui l'aimait à cause de sa piété naïve et de son excellent caractère, lui dit, en le voyant entrer :

— Eh bien! Paul, comment cela va-t-il aujourd'hui?

— Pas trop bien, M. le curé, dit l'enfant; et il se mit à baisser les yeux.

— Comment donc, pas trop bien? que t'est-il arrivé?

— Non, pas trop bien! je n'ai pas fait ce que j'aurais voulu.

— Tu as donc fait ce que tu ne voulais pas?

— Oui, M. le curé : j'avais pris hier de bonnes résolutions, et je ne les ai pas tenues; je m'étais promis de faire avec joie toutes les volontés de mon père, et je n'ai obéi qu'avec répugnance. Je ne sais à quoi cela tient, et je me trouve bien malheureux d'avoir si peu de force.

— Je te plains, mon enfant; mais je crois que si tu connaissais la cause de ta faiblesse, tu deviendrais plus fort. Je crois la connaître : dis-moi, comment avais-tu fait ta prière ce matin?

— Comme à l'ordinaire, M. le curé.

— Tu n'as pas l'air d'entendre ma question : je ne te demande pas si tu as fait ta prière aujourd'hui comme d'habitude, mais si tu es sûr d'avoir bien prié ; que me dis-tu ?

L'enfant baissa les yeux en rougissant et ne répondit pas.

— Vois-tu, mon ami, continua le curé, toutes nos actions de la journée dépendent de la manière dont nous avons fait la prière le matin ; pour bien finir il faut avoir bien commencé. Réfléchis et tâche de te rappeler quelques-uns des jours où tu n'as pas été content de toi, comme aujourd'hui; tu verras que tu avais prié avec négligence et dans des dispositions peu convenables : rappelle-toi de même les jours où ta conduite a été bonne, et tu trouveras qu'une bonne prière avait commencé ta journée. Sais-tu ce que c'est que la prière du cœur et la prière des lèvres?

— Non, monsieur le curé.

— La prière du cœur,

mon enfant, c'est celle que tu as faite les jours que tu t'es bien conduit; c'est la véritable prière qui obtient tout de Dieu, parce qu'elle demande avec désir, avec amour, avec une foi parfaite, en un mot, parce qu'elle part du cœur. La prière des lèvres n'est qu'un vain bruit; c'est une suite de paroles prononcées sans chaleur, sans recueillement, sans conviction. Celle-là, Dieu ne l'exauce point, car il dit dans son Evangile :

« Ce peuple me prie des lèvres, mais son cœur est loin de moi. » C'est ainsi que tu pries toutes les fois que tu dois commettre des fautes.

— Ah ! je le vois maintenant, M. le curé : pour bien me conduire tous les jours, il me faut bien prier tous les jours aussi.

— C'est cela, mon enfant ; il faut prier de cœur et d'esprit, c'est-à-dire avec une claire intelligence de ce que tu demandes à Dieu, et un désir ardent de l'obtenir. Tu dois donc, pour que ta prière soit puissante et efficace, te bien pénétrer d'abord de la grandeur de Dieu, de sa miséricorde infinie, du besoin que tu as de son secours; après cela, tu sais quel bien tu te proposes de faire dans la journée, quel est le mal que tu veux éviter, en un mot, l'ensemble des devoirs qui conviennent à ton âge et que tu veux remplir. Si tu pries dans ces dispositions, Dieu te donnera la force nécessaire pour l'œuvre de chaque jour, et il ne t'arrivera plus d'être mécontent de toi-même comme tu l'es aujourd'hui.

Paul promit au bon curé de suivre ses conseils, et lui demanda la permission de revenir le voir dès qu'il serait plus content de lui-même. L'homme de Dieu le lui permit bien volontiers, et, dès le lendemain, au coucher du soleil, il le vit accourir au presbytère, plein de joie et de consolation.

UNE RUDE LEÇON.

André, petit enfant de sept ans, ne se plaisait qu'à tourmenter les animaux et à les faire souffrir. Il aimait à les voir palpiter sous les coups, et leurs cris douloureux lui causaient une joie féroce.

Les enfants de son âge

avaient beau lui faire honte de cette manie cruelle qui annonçait le plus mauvais cœur, il ne s'en corrigeait pas; bien plus, même, elle ne fit que se fortifier avec l'âge : quand il fut devenu plus grand et plus fort, il se mit à battre aussi les petits garçons et les petites filles. Son plus grand bonheur était de les faire pleurer.

Passant un jour devant la maison d'un paysan, il vit près de la porte deux petits moutons attachés par les pieds. Il ne manqua pas de s'en approcher pour leur faire du mal : il se mit à leur tirer la laine, à leur donner des coups de pied, et les pauvres bêtes s'agitaient convulsivement dans leurs liens. André, qui se croyait seul, était au comble de la joie, quand un homme, caché derrière la porte, s'élance tout-à-coup sur lui, le saisit par les cheveux et le secoue si rudement qu'il en est tout étourdi. La douleur lui arrache des cris affreux.

— Ah ! ah ! dit le paysan, cela te fait mal, et tu n'aimes pas à souffrir. Penses-tu donc que ces pauvres animaux ne souffraient pas aussi quand tu les tourmentais ?

Cette leçon était rude, mais André en avait besoin, puisque toutes les réprimandes de ses parents et de ses maîtres n'avaient pu le corriger de sa cruelle habitude. Depuis ce moment il se garda bien de faire souffrir aucun animal et de tourmenter les petits enfants.

LE CONSEIL DU PÈRE.

Un homme avait eu le bonheur, dans un naufrage, d'aborder à une île déserte avec sa femme et trois enfants en bas âge. Quelques jours même après son arrivée dans cette île, il avait trouvé quelques provisions et un peu de blé parmi les débris du navire échoué sur la côte. Son premier soin fut de labourer la terre, qui était grasse et fertile, et de semer le grain qu'il avait, afin de ne point se trouver au dépourvu quand ses faibles ressources viendraient à lui manquer.

La prévoyance de cet homme avait été sage; il eut au bout de quelques mois une récolte assez abondante pour se nourrir toute l'année, lui, sa femme et ses enfants. Il fit de même les années suivantes, et recueillit encore beaucoup de blé.

Au bout de quelque temps sa femme vint à mourir, et il resta seul avec ses trois enfants. Alors il se dit à lui-même : Je puis mourir aussi, et mes enfants, trop jeunes pour labourer la terre et pour l'ensemencer, seront en danger de mourir de faim si je ne travaille pas dès aujourd'hui pour le temps où je ne serai plus avec eux.

Alors il se mit à labourer une plus grande étendue de terre et obtint de plus riches moissons. Tout ce qui ne servait pas aux besoins présents, il le mettait en réserve pour l'avenir. Il fit ainsi pendant plusieurs années consécutives, au bout desquelles il tomba dangereusement malade.

Sentant sa fin prochaine, ce bon père appela ses enfants, qui étaient déjà dans la fleur et la force de l'âge, et leur dit :

— Mes enfants, l'heure est venue pour moi d'aller rejoindre votre mère dans un monde meilleur : vous allez être seuls sur cette terre; mais ne craignez rien : les cabanes que j'ai bâties sont pleines de provisions pour plusieurs années, et si vous êtes sages vous ne manquerez de rien après moi. Seulement n'oubliez pas, dès que j'aurai fermé les yeux, de vous partager en frères ce que je vous aurai laissé, et de vous mettre aussitôt à labourer et à ensemencer une partie de terre que vous choisirez, l'un au midi, l'autre au levant, le troisième au couchant, sans toutefois vous éloigner beaucoup l'un de l'autre.

Leur père mort, les trois enfants se partagèrent le blé qu'il avait amassé pour eux, et chacun d'eux s'en alla de son côté, suivant le conseil qu'ils avaient reçu de lui.

Mais arrivé au lieu qu'il avait choisi pour son partage, l'aîné se dit : J'ai du blé pour plusieurs années, et la terre que j'habite est riante et agréable; au lieu de me consumer péniblement à déchirer son sein, je ferai mieux de jouir en paix de ses délicieux ombrages. Il sera toujours temps de semer plus tard.

Le second ne raisonna pas plus sagement. Cette

terre est si bonne qu'elle n'a pas besoin de culture, pensa-t-il; il y a ici beaucoup d'eau; il suffit de jeter le blé sur le sol : il poussera de lui-même.

Au bout de quelques années, celui des deux frères qui n'avait ni labouré ni semé, se trouvant privé de toutes ressources, alla vers celui qui avait semé sans labourer; il le trouva aussi misérable que lui-même. Qu'allons-nous devenir? se disaient-ils l'un à l'autre :

si notre jeune frère n'a pas été plus sage que nous et qu'il ne puisse pas nous aider, nous mourrons de faim pour n'avoir pas suivi les conseils de notre père.

Heureusement pour eux que le plus jeune des trois frères avait été plus sage. A peine arrivé dans la partie de l'île où il devait se fixer, il s'était mis aussitôt à labourer et à semer sans perdre un seul moment, de sorte qu'il était riche et heureux quand il reçut la visite de ses frères; il vint à leur secours; cette leçon suffit pour leur faire comprendre leur imprudence.

LE FRÈRE ET LA SŒUR.

Deux jeunes orphelins, Thomas et Louise, avaient été recueillis par une vieille parente. Cette femme, veuve et sans fortune, eut beaucoup de peine à les élever.

Lorsqu'ils eurent un certain âge, elle les mit en service dans une maison riche et vraiment chrétienne. Dès ce moment leur existence était assurée; Thomas surtout, qui était grand et robuste, gagnait assez pour faire des économies.

Deux ans après leur entrée en service, la bonne vieille, qui travaillait toujours pour n'être point à charge à ses enfants adoptifs, eut le malheur de tomber dans un escalier et se cassa une jambe.

A la nouvelle de ce triste accident, Louise versa beaucoup de larmes et demanda à son maître la permission de s'absenter quelque temps pour aller donner ses soins à sa bienfaitrice. Le maître, qui était un homme pieux et sensible, y consentit volontiers, et voulut même lui conserver ses gages pour tout le temps qu'elle passerait auprès du lit de sa mère adoptive.

Thomas, au contraire, se montra insensible au malheur de la bonne vieille. Il ne songea pas à lui rendre une seule visite, ni même à lui envoyer aucun secours, quoiqu'il fùt plus riche que sa sœur. Louise lui en fit un jour les reproches les plus touchants.

— Je n'ai rien de trop pour moi, répondit-il.

Cette parole pleine d'ingratitude révolta son maître, qui ne voulut pas le garder plus longtemps à son service. Il sortit de sa maison.

L'idée de se trouver sans place, et surtout le remords d'avoir manqué si brutalement à son premier devoir, aigrirent d'abord son caractère et finirent par troubler sa raison. Il se mit à boire du vin pour s'étourdir. Ce vice devenant de jour en jour plus fort, il en vint à ne pouvoir plus gagner sa vie et tomba dans une profonde misère qui le conduisit de bonne heure au tombeau.

Le sort de Louise fut

différent comme sa conduite l'avait été; son bon cœur et son dévouement la rendirent de plus en plus chère à son maître, qui l'établit d'une manière honorable. Elle vécut heureuse, et longtemps encore elle conserva près d'elle sa vieille parente, à qui elle rendit les soins et l'assistance qu'elle en avait reçus dans son enfance.

LA PROBITÉ RÉCOMPENSÉE.

Un étranger passant un soir devant une ferme isolée, demanda au paysan qu'il trouva sur la porte s'il était bien sur le chemin d'un petit village peu éloigné.

— Oui, Monsieur, répondit le brave homme, il faut aller tout droit; mais comme il fait déjà nuit, et que vous avez à traverser un bois coupé de plusieurs routes, vous pourriez vous égarer. Je vais appeler un de mes enfants pour vous servir de guide.

Justin, le plus jeune de ses fils, parut au même instant sur la porte.

— Va, lui dit son père, et conduis Monsieur jusqu'au village qu'il te dira.

L'enfant partit, et au bout d'une demi-heure ils étaient arrivés. L'étranger voulut alors récompenser le petit garçon ; il ouvrit sa bourse et lui donna la première pièce qu'il y trouva. L'enfant refusa d'abord ; mais l'autre y mit tant d'insistance qu'il finit par accepter.

Revenu à la ferme, il s'empressa de remettre la pièce à son père. Celui-ci, en la regardant, s'aperçut qu'elle était d'or et valait vingt francs.

—Mon enfant, s'écria-t-il aussitôt, voilà un grand malheur. Ce monsieur s'est trompé ; il croyait te donner vingt sous et t'a donné vingt francs. Comment faire? il ne repassera peut-être jamais par ici, et demain, au lever du soleil, il ne sera plus au village. Quel moyen de lui rendre cet argent qu'il regrettera sans doute, et dont il aura besoin pendant son voyage? Quel moyen surtout d'empêcher qu'il ne pense mal de nous?

— Il n'y a qu'un moyen, dit l'enfant : je vais courir tout de suite au village lui reporter sa pièce d'or.

Il partit et retrouva l'étranger. Cet homme, qui effectivement n'avait cru donner qu'une pièce d'argent, fut charmé de tant de droiture, mais il ne voulut pas reprendre son or : et comme l'enfant refusait absolument de le garder, craignant que son père ne voulût pas croire qu'il l'avait reporté, ou le blâmât de l'avoir reçu, il lui donna en même temps ce billet pour le fermier :

« Je vous prie de garder

la pièce d'or comme un témoignage de ma reconnaissance et comme le prix de votre loyauté. Dieu vous bénisse, vous et vos enfants! »

Le père consentit à reprendre la pièce; mais le dimanche suivant il se rendit au village pour la donner à un pauvre journalier chargé de famille, dont la maison venait d'être brûlée.

FIN.

TABLE.

—

Les effets de la Prière. 5

Les vrais biens. 12

Les Fruits sains et les Fruits gâtés. 21

Comment il faut prier. 27

Une rude leçon. 38

Le conseil du Père. 42

Le Frère et la Sœur. 51

La Probité récompensée. 57

FIN DE LA TABLE.

Limoges. — Imp. E. ARDANT et Cie

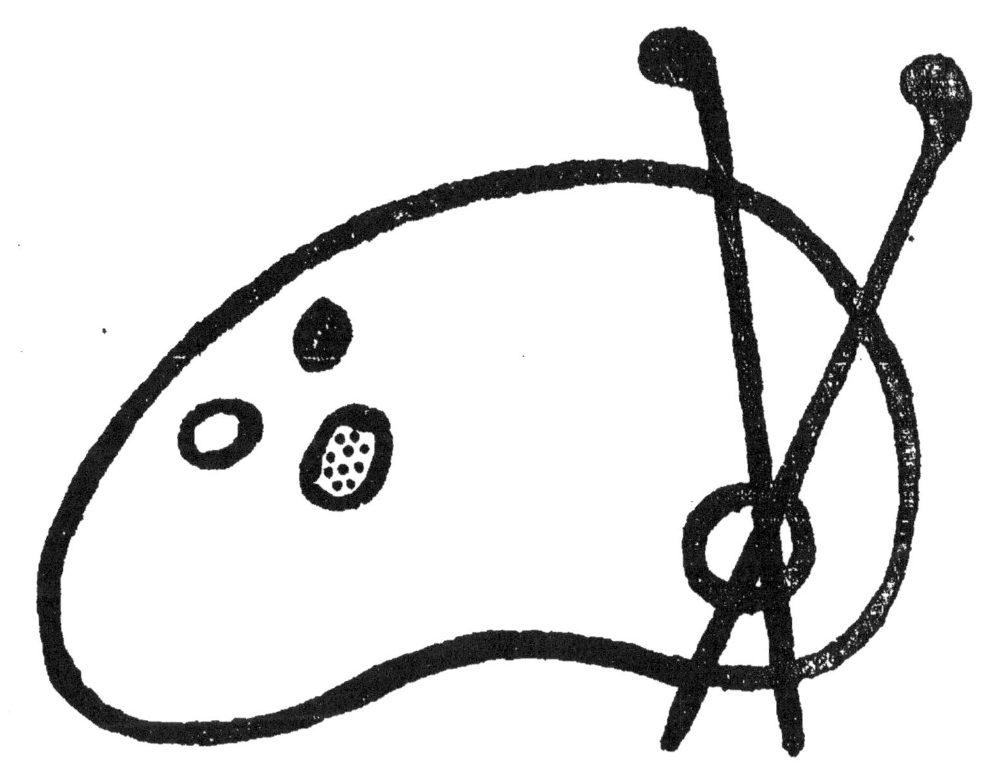

Original en couleur

NF Z 43-120-8

www.ingramcontent.com/pod-product-compliance
Lightning Source LLC
Chambersburg PA
CBHW060812180626
46818CB00002B/798

* 9 7 8 2 0 1 3 7 4 8 7 2 8 *